不老才奇怪！

文／圖　童嘉

遠流出版公司

不老才奇怪！

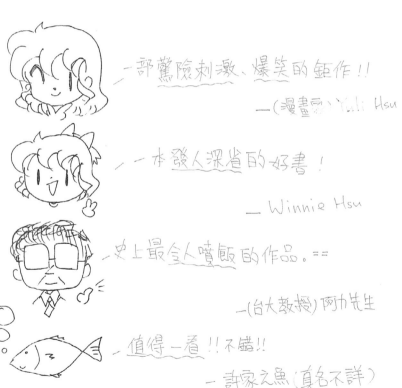

一部驚險刺激、爆笑的鉅作！！

— (漫畫家) Yuli Hsu

一本發人深省的好書！

— Winnie Hsu

史上最令人噴飯的作品。==

—(台大教授) 阿力先生

值得一看！！不騙！！

— 許家之魚 (真名不詳)

目錄

椅子物語

我先生是個讀書人，結婚前一直寄住在他哥哥家，由於空間狹小，只能利用走道的一角，擺一張小學生書桌，和木頭椅子，周圍盡是堆積如山的書和資料，在他初到大學任教的幾年間，就在這小桌小椅上辛勤的研究和撰寫論文。

雖說這世界上，有很多偉大的作品都是在小桌子、小椅子上完成的，但先生當時最大的心願，就是能擁有一間自己的書房。所以結婚前布置新家時，雖然兩人買了房子，積蓄所剩無幾，但我買的第一樣傢俱，就是一個好大的L型書桌。為了搭配這個桌子，我走遍了台北市的家具店尋找椅子，既要舒適好看，又要不超過預算，最重要的是要有輪子，因為先生的木頭小椅子沒有輪子，所以對於這一點非常堅持。看起來不太難的條件，實際找起來卻不容易，這當然和預算的限制有關，而且當時市面上的傢俱確實也不像現在這麼多樣化。

終於，在筋疲力盡時，在文昌街一家椅子專賣店裡，找到了夢中之椅：輪子，有，五個；靠背，很舒適，連頭都能靠；顏色，深米色，標準的老學究色彩；不算貴但不送貨。

買好之後，我和老闆合力抬著這張大椅子，到車子旁邊才發現，椅子塞不進我的三門小喜美行李箱，想盡辦法從前門、從後門，甚至拆了車子後座椅子，連路人都看不下去前來幫忙，有人從外面推，有人從裡面拉，好不容易才擠進去。謝過眾人，我再弓著身體擠進空間已經變形的前座，開車到新家，不過這會兒沒人幫忙，我一個弱女子得卸下一張卡在車子裡的大椅子，搬上三樓。

我已經不記得自己是怎麼辦到的，那肯定是配合了一點愛情的力量和腎上腺素。可以想像，當先生來到新家，看到夢寐以求的書房，坐上這張椅子，眼前還有超大書桌，簡直不能相信，幸福就這樣降臨在自己身上。

可惜，王子並沒有從此在大桌子、大椅子上完成曠世巨著，因為有一天，先生坐在這張他稱之為董事長座椅的豪華座位上，大概是改不了坐小學生椅的習慣，他像小孩子一樣把椅子往後仰，翹腳休息，不知是椅子的問題還是體重的問題，突然一聲巨響，連人帶椅摔在地上，那千辛萬苦弄來，還坐不到半年的椅子，竟從中折斷，連修理都不可能了。

這件事給了我們一個很大的啟示，那就是：不是董事長就不要坐在董事長的位子上，如果要坐在董事長的位子上，就要「坐」得像個董事長。

之後，我重買了一個簡單樸素有輪子的椅子，先生一用就十幾年，也一路升到教授，著作無數，我們得到的另一個領悟是：文章好壞和桌椅大小是沒有關係的。

現在想起來
那個時候還真是年輕啊……

「年輕气呆」

8

當時還在上班的我，每天下班就去逛家具店。

←已經很累

←經費很有限

9

想要先買書桌……

從小就深信不疑的信念：
「書桌椅是家裡最重要的家具，
冰箱是家裡最重要的電器。」

可是，很奇怪的是，這家店竟然沒有賣椅子。

於是，又開始為找椅子奔波，

太矮

太高

本來還以為很容易的，沒想到……

這種其實是凳子

14

一時無法接受的椅子

太休閒

太普通

累

太硬

太軟

窄

寬

窄

太窄

太……太……太……
太直接了吧！

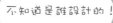

不知道是誰設計的！

恐怕太搶眼了！

太貴

買桌子花太多錢了！

藍
光四射→

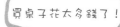

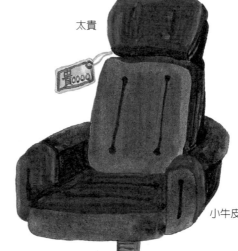

小牛皮董事長座椅

舉步維艱

太粉紅　太黑　太綠　太硬　太小

尋尋覓覓，直到有一天，
突然！
在一家椅子公司的櫥窗看到
──就是它！

終於買到椅子了！

老闆我要買這張椅子。

拜託啦！

沒關係，我有開車來，我自己載。

我們都是賣一整批的。

運費要另外付喔！

買好椅子我才發現，椅子是一種看起來輕，
其實很重的東西，心軟的老闆看我笨手笨腳，
不知道怎麼搬椅子，決定要好人做到底。

19

路人甲

當我們開始要把椅子放進車子的時候才發現，
椅子是一種看起來小，其實很佔空間的東西。

經過的路人紛紛提出寶貴的意見……

應該要輪子先進去。

路人乙

20

最後，在汗流浹背的老闆與拔刀相助的路人共同協助下，才把椅子塞進車子裡。

21

彎腰駝背好不容易才開車到了新家，然後……

首先應該是要把椅子弄出車子吧！

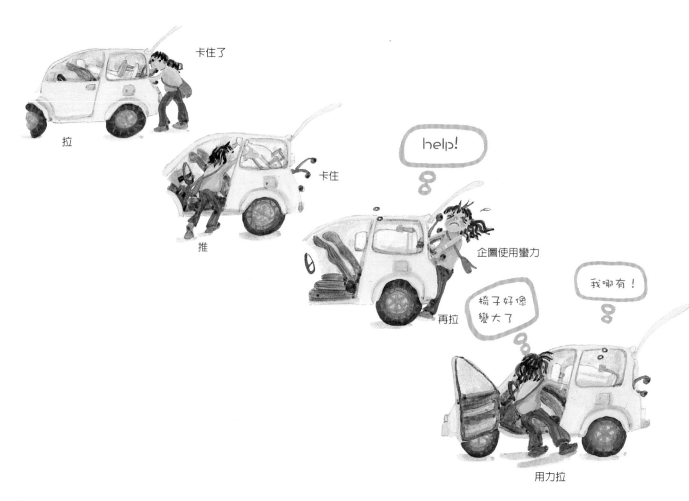

卡住了

拉

卡住

推

help!

企圖使用蠻力

再拉

椅子好像
變大了

我哪有！

用力拉

更用力拉

又卡住了

最後椅子決定自己跳出來

23

接下來要把椅子弄回家，
是體力與耐力的考驗。

再上樓

中場休息

上樓

24

25

於是，男主人書房的佈置終於大功告成！

27

然而，6個月後的
某一天……

年輕气很拼
現在想起來 那個時候還真是辛苦啊……

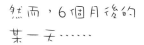

29

你在幹嘛？

忍耐……不要發脾氣，不要罵他白癡……忍住……

←聽到巨響，直接從廚房趕過來。

沒救了！

魚不是這樣切的。

繼續煮飯

31

第二天 當少女祈禱的音樂聲響起……，兩個人「同心協力」把椅子搬下樓。

至少不是腦袋摔成兩半

很重耶，妳是怎麼搬上來的？

算了！

嘉子守則：當事情無法挽回時，就要想開一點。

←放下屠刀

令人懷念的不必使用專用垃圾袋的時代……
可以清楚的看見自己的東西被垃圾車載走的樣子。

用蠻力。

結果只好重新再買一張椅子……

嚴格禁止

漸漸的，人終究超越了椅子。

後記：
十幾年來，我們換了三個家，那些結婚時辛苦購買的家具始終跟隨我們，
如今看來再平凡不過的書桌椅，依然堅固好用，
日日與我們為伴，度過了無數個絞盡腦汁的寒暑，
除了最初的那一次以外，再也沒有人從椅子上摔下來過。

磨娘精的娘

我的工作內容和菲傭很類似，俗稱家庭主婦，有人喜歡特別強調是「專職媽媽」以示和「兼差媽媽」有所差別，雖然算不上是夕陽工業，但願意入行的年輕人越來越少。我最大的困擾就是每天從早忙到晚，但是當別人問我在忙些什麼的時候，卻講不出一件體面的事來，總之，就是帶小孩及其相關業務。

十多年前，我雖經懷孕期完善的身心調養、良好的胎教，卻歷經兩天兩夜痛苦煎熬，生下超級磨娘精一名，從此人生一片混亂。

我的大小姐打從出生第一天開始，就把育嬰室裡的護士全都打敗了，每次育嬰室的門才打開，住在最遠病房的我就已經聽到女兒的哭聲，我們出院那天，所有的護士都歡欣雀躍來相送——燙手山芋終於送走了。

我一向自認為是能幹又熱愛工作的都會女子，當然也像許多都會女子一樣，結婚前沒煮過飯、做過家事，帶小孩更是笨手笨腳，所以剛開始我仍然繼續上班，奈何苦撐六個月，我女兒每天從我上班哭到我下班，送到哪裡都被退貨，連我媽媽都不肯幫我帶，還說：「連我都想餵她吃安眠藥，這個小孩你最好自己帶。」當時剛好工作不甚愉快，於是就在當我覺得我的老闆很討厭的時候，剛好大家也都覺得我的小孩很討厭，只有認了，收拾包包回家去，開始我的專職媽媽生涯。

自己帶小孩就不哭嗎？這個小鬼真厲害，不分日夜，一哭就是歇斯底里，不能停止，所有告訴我讓小孩哭沒關係的前輩都忍無可忍逃走了，只剩下苦主我一人奮鬥。有時候她哭得太悽慘，鄰居以為是虐待兒童，跑來按門鈴，門一打開，當他們發現一個被虐待的母親時，都會投以無限同情的眼光，然後推說：「我以為妳不在家……」其實我在家，只是耳朵聾掉了。

我研究了所有的育兒寶典，聽取了各種偏方，做了諸多嘗試，小孩卻一樣難帶。直到有一天在報紙上看到一篇專家分析「家有磨娘精」的文章，反覆研讀發現，專家唯一的建議是「父母要有耐心」。終究，我只能在頭上綁上「忍」字布條與其周旋，耐磨才會贏。

除了哭，這小孩還有非常獨特的飲食品味：不吃垃圾食品、拒絕甜食、零嘴，你以為這樣很好嗎？朋友聚會時，大家的小孩都說要吃麥當勞，只有她說要吃生魚片，要是山珍海味能打發也就算了，每天每餐絕不吃同樣的菜，才真正煩人，大家不是都說：「別管他，小孩餓了就會吃。」可是她菜色不滿意寧可不吃，有時一天只吃兩口，從來也沒聽她說過肚子餓。

吃得少，精力卻無窮，每天黎明即起，一刻也不休息，一秒也不能浪費，畫圖、說故事、玩遊戲、去公園……，而且這些活動我一定要和她「對玩」，否則立刻施以使我就範的超能力，不達目的絕不終止。朋友總問我如何瘦下來，其實方法很簡單：我女兒讓你帶三天，保證瘦五公斤。

我本來因為驚嚇過渡，始終不敢再生小孩，後來誤信謠言，以為「第二胎會比較好帶」，「小孩有個伴比較不黏人」……，竟又生了一個，沒想到這個是名符其實的「掌上明珠」——不能離手，從此我每天都像無尾熊媽媽，身上黏著一隻無尾熊寶寶。

先生有個朋友，小孩都是傭人帶的，健康聰明又美麗，而我們家卻是一個專職媽媽帶著兩個面黃肌瘦的女兒，雖然經過我多年的道德勸說，女兒的飲食習慣已經比較「世俗化」，但還是被學校開了「體重過輕」的單子回來，令母親無地自容，幸好學校並未表示要處罰家長或要求寫悔過書。這個年年考績拿丙等的媽媽，現在已經能夠迅速燒出一桌菜色，很會做玩具、說故事，也很會在公園和小朋友玩，我希望離小孩遠一點，但是小孩總是一直黏過來，如果這些也算是成就的話，那都要感謝我女兒對我的嚴格訓練。

這件事要從頭說起，實在是一言難盡啊！

在1990年以前——
那曾經是多麼纖細美好的年代啊！

（害喜）

可是，從1991年開始——
我的人生有了重大的轉變……

←沒有吐

沒感覺

兩人每天過著孕婦應該過的日子

於是，
母親終於說話了！

生小孩只要有一個人大肚子就可以了！

喔！

↑恍然大悟

↓孕婦伙食

直到外型完完全全的改變

1991年中秋節過後，
預產期已經過了10天，肚子裡的小孩完全沒有要離開的跡象⋯⋯

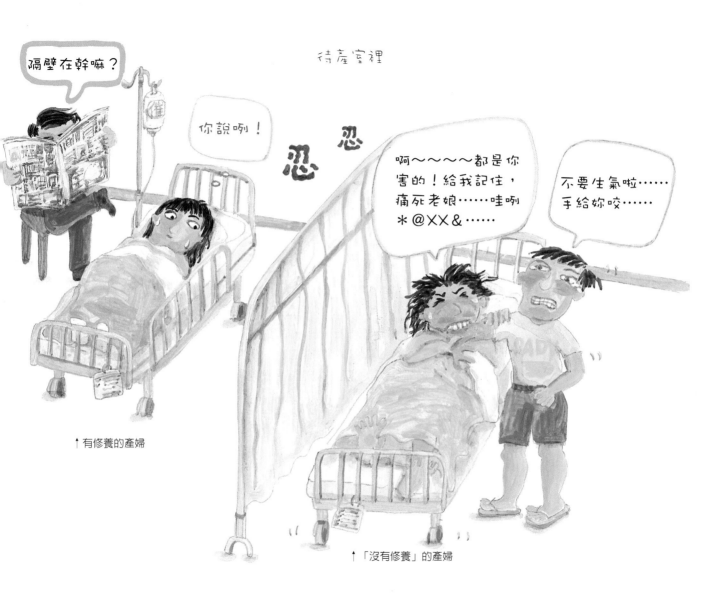

↑ 有修養的產婦

↑ 「沒有修養」的產婦

兩天兩夜之後，
隔壁「沒有修養」的
產婦來來去去已經ㄅ人……

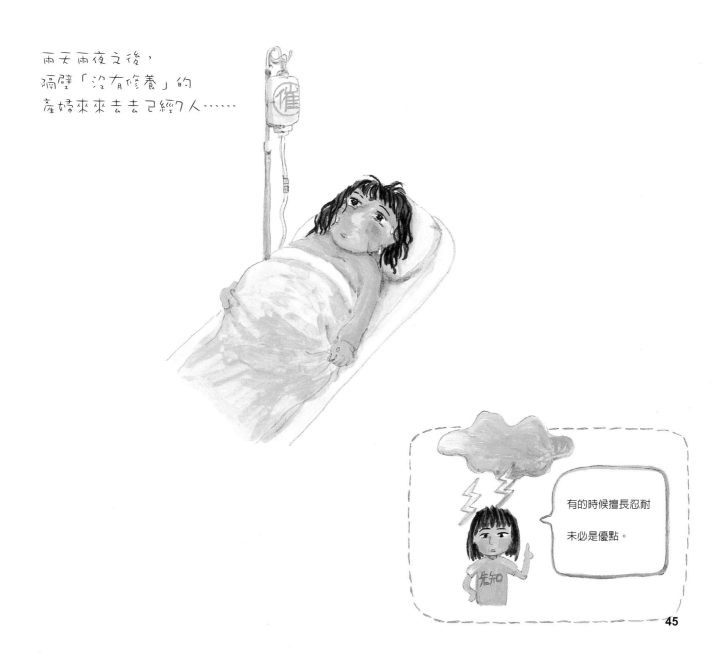

有的時候擅長忍耐

未必是優點。

當天夜裡初為人母的我做了一個惡夢

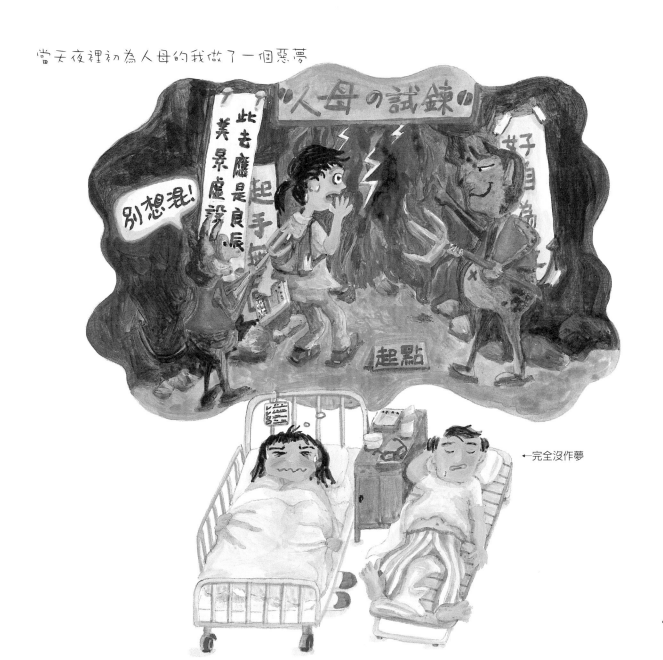

←完全沒作夢

47

好不容易離開了醫院，回到家裡，哭聲仍然持續……

不肯睡一直哭

哭了2個小時

快不行了

有規律的輕輕轉動

終於睡著了

偷偷坐下來休息
一下應該沒關係

咦？

前功盡棄！

哇——

抗議

不准坐！

49

4個月後，情況並沒有改善……

手麻→

腳痠→

偷偷換人抱

啊？

哇—
哇—
哇—

想溜

8個月後，情況還是沒有改善……

立刻醒來

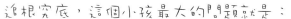

追根究底，這個小孩最大的問題就是：
不明所以的堅持

莫名其妙！幹嘛塞這種東西在我嘴巴裡。

絕對不吃奶嘴

不環保！

拒絕紙尿布
（對所有廠牌的紙尿布都過敏）

唉—

在現實世界已經很難看到的布尿布↑

↑淘金用臉盆

頑抗↓

不可以用背的

不喜歡坐手推車

頂住↑　煞車↑

你已經很大了耶！

↑抱在前面是唯一被認可的方式

不可思議的耐力

（剛開始）

已經玩1個半小時了

←不用睡午覺的小孩

↑第9盤

↑第14盤

53

進入陌生的環境——用力的哭、哭、哭！

55

希望你很快
就可以去上
幼稚園。

？？

幼稚園有很
多玩具可以
玩喔！

！！

為了能夠早日脫離苦海，
將小孩送入幼稚園，
我開始想盡辦法說服她。

啊飛走了！

你想不想和
小朋友一起
吃點心。

高一點！
高一點！

幼稚園也有
盪鞦韆喔！

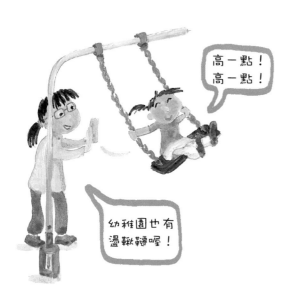

我們去上幼稚
園好不好？

不好吧！

57

好啊！

妳要不要去上幼稚園？

即將滿4歲

直到有一天……

什麼？

←清清耳朵

若無其事→

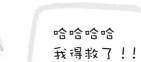

哈哈哈哈我得救了！！

58

not yet !

於是 從1996年初，
我們開始尋找幼稚園

←首先畫出搜索範圍

這家最近

坐好！
不准講話！

好師太兇

我們家樓下就有幼稚園

金勾北兒、金勾
北兒、金勾喔了
喂……

妳怎麼知道？

老師英文
不標準

隔壁街還有一家

繼續「明察」

老師 老師⋯
試讀生↓
大頭！
討厭啦—
我不要做！
現在要做勞作了喲！

嘰嘰喳喳↑

喂、喂、喂
我知道要怎麼做

你們班小朋友太吵，我不上了！
要去哪裡？

記得拿鞋子→
杯子和文具都收好了

表示：我不會再回來了

「暗訪」

男女生廁所竟然沒有分開，也沒有門
有啊，用洗手台分開的啊！

女用→
←男用
開放式的兒童廁所

60

因為沒有找到滿意的幼稚園，
不得已，只好擴大搜索範圍：

希望能夠成功

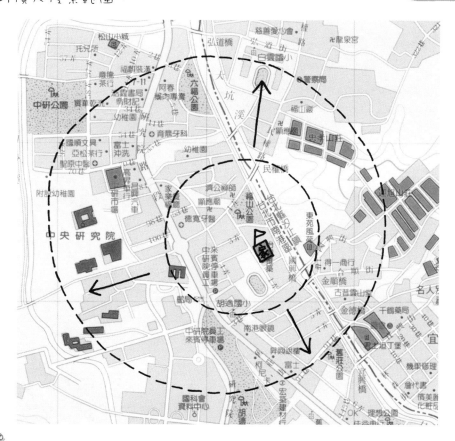

↑沒差

我們學校早上是全美語教學，每天都有禮儀課程，女生都要……，每學期都有很多小朋友排不到名額，如果不早點報名的話……

這是一家很有名的幼稚園

什麼叫做很有名？

真是個囉唆的小孩

呵呵呵沒關係吧……

球池不應該放在地下室，這樣空氣不好……

我是無辜的

63

入園參觀的結果：

小朋友秩序良好

教室在一樓沒有地下室

有很大的院子

園長、老師和司機伯伯都很親切

盪鞦韆沒有壞掉

廁所男生一間、女生一間

OK

有點遠喔！

沒關係，我坐娃娃車。

←心意已決

66

Ready!

Go!

娃娃車就這樣開走了……

其實他們並沒有得救！

當天晚上我又做了一個惡夢……

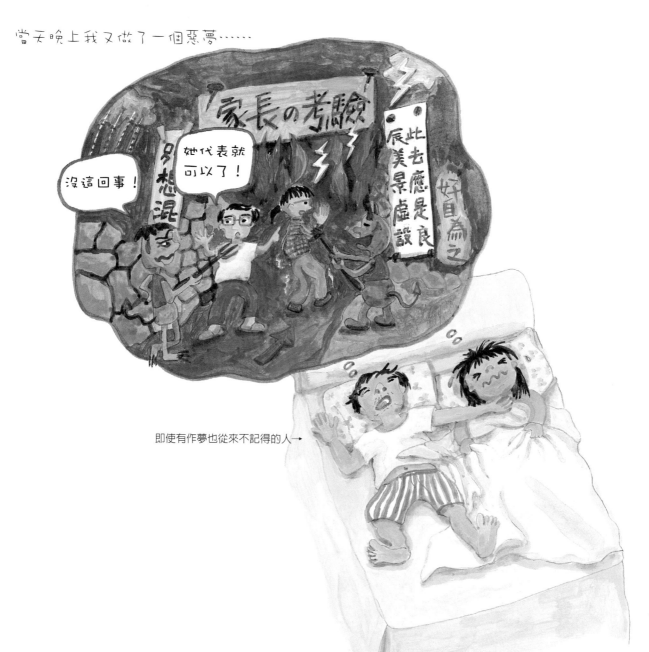

即使有作夢也從來不記得的人→

73

圖書館螞蟻搬書

這一切都得從那個對故事需索無度的小孩說起……

打從大女兒一歲半開始，說故事、唸繪本便成了我每日的修行，我實在不是一個高明的母親，對於把小孩養成頭好壯壯或建立良好的規範這些事，尤其表現得不夠專業，我每天主要的工作大概就是陪小孩子玩，講故事當然是其中的一個項目。

小小孩有一種特性：一個喜歡的故事往往可以一聽再聽。有時書才剛剛闔上，我女兒就立刻說：「再講一遍！」，曾經有一本書我們每天都要講上十幾遍，而且持續了兩年，雖然小孩子可以忍受一直重複同樣的故事，可是母親簡直快要崩潰了，於是為了活命，我開始擴充童書庫藏，購買之外又搜刮了所有親朋好友不要的童書，出國時也不忘在童書店或跳蚤市場拼命挑選。

記得育兒之初正值台灣大量引進國外繪本的熱潮，不過很大部分的童書都是成套出售的，少則五、六本，多則二、三十本，我甚至還買過一百本一套的，之所以會「捨得」買這麼多繪本，除了自己很喜歡繪本和為了講故事給小孩聽外，其實更肇因於我不善拒絕別人和怕囉唆的弱點，運氣好的套書銷售人員遇上我，大概就可以做到那個禮拜全部的業績，有時候也曾因為受不了一再糾纏，為了脫身而購買。

如此一來不但所費不貲而且家中書滿為患，加上一套書往往不是本本盡如人意，雖然我常常自我安慰說，反正買橘子也不能只買肉不買皮，商人要用三本你不喜歡的書，包七本你喜歡的書來賣，也是無可厚非，奈何事實往往是：他們用七本我不喜歡的書，包三本我喜歡的書，以致於事後我常常後悔。

為了增強對推銷的抵抗力，也為了表示我們對套書不能零買的不滿，我跟女兒說：「我們去圖書館把所有的套書都看完！」嗜書如命又剛學會注音符號的女兒立刻欣然同意，不過圖書館的書擺得到處都是，也不知道誰跟誰是一套的，所以我們就不管三七二十一，一本一本的看吧！

於是從女兒七歲那一年起，我就以每個月25本的速度（一張家庭借書證和一張個人借書證）從圖書館借書，至今已邁入第八個年頭。每次遇到有人推銷套書，我就把女兒叫來問她：「這套妳看過嗎？」、「要買嗎？」，如果一套書她看過都還會想要，就表示值得買，那我們就買，不過說也奇怪，從此以後我就很少再買繪本套書了。

2004年，由於我過度忙碌，一直無法抽出時間閱讀女兒強力推薦的「向達倫大冒險」那套小說，於是當時即將升上國中的女兒，利用她號稱是這輩子最後一個真正的暑假，把全套向達倫的小說唸給我聽，在我忙碌家事時、必須無聊等待時、或在漫長的旅途中，或是睡前難得的悠閒時光，女兒便利用時間在旁邊朗讀，就這樣在開學前把十本書唸完，算是對母親長久辛勞的一個小小回饋，難得我也終於享受到了有人唸故事給我聽的福利。

這世界上有很多事情是靠聰明才智做出來的，但是也有很多事情若非願意付出時間與勞力終究無法完成。

說到我們拼命去圖書館借書的這件事，真是一言難盡啊！
事情最初是因為，不知道從何年何月開始，家裡的繪本就以一種奇怪的速度不斷增加……

←套書直銷人員

書店

沙坑

繪本郵購DM

旅遊中

終於到了不可收拾的地步……

恐怕不能再買了！

生性節儉的小孩

↑並未察覺有任何不妥的小孩

又買了一箱↗

就在這個時候，事情出現了轉機：

哈！
有了！

←省電型

←突然想到鬼主意

於是在1997那一年　～～宣布重大改革～～

接著 ～～立刻進行可行性評估～～

開始明查

暗訪

兒童圖書室

84

藏書太少

人滿為患

最後，終於決定了目標圖書館

旗子回收盒

伴們
攻下它！

加油

go！

衝

於是從1998年開始，我們借書、看書、還書……

有的時候一起去借書、還書……

可以給我們一張貴賓卡嗎？

不行！

我就說不行吧……

借書

重

閃到腰

剛開始都是母親講故事，小孩聽……

再借書、再看書、再還書……

練出肌肉

有說累積借過多少本以上，就可以換貴賓卡嗎？

沒這回事！

詢問處

←不死心的人

有時候母親自己去還書、借書……

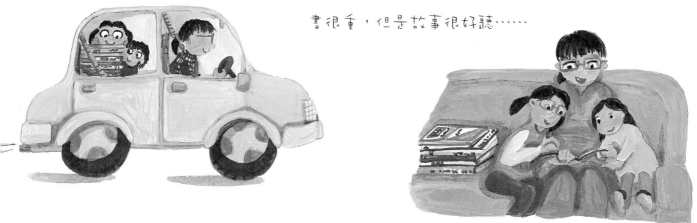

書很重，但是故事很好聽……

就這樣過了7、8年
仍然繼續借書、
看書、還書⋯⋯

有時我們各自選自己愛看的書
，有時和別人一起看。

92

夥伴4號

又過了更多年

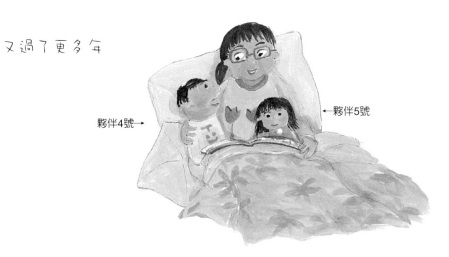

夥伴4號→

←夥伴5號

書還是很重，故事還是很好聽。

不死心的人↘

恐怕不行……

服務台

可以給我一張貴賓卡嗎？

夥伴5號→

其實，圖書館並沒有貴賓卡的制度

93

也許更多年以後……

故事還是很好聽……

94

仍然要繼續借書、看書、還書……

書還是很重……

96

綠手指之夢

我從小就生長在綠意盎然的環境，我家美麗的庭院終年有花有樹有草，結婚布置新家時，理所當然的也買了許多盆栽放在公寓房子裡，可是不多時，不知為何植物都漸漸枯死，唯一活下來的一盆是放在陽台最邊邊，由隔壁鄰居太太「順便」照顧的蘭花。

有些人是天生的「綠手指」，什麼花花草草到他手裡總是能照顧得生氣盎然，有些人偏偏沒有這種天份，像我就是因為「每種必死」而被取笑為「綠色殺手」，雖然我總是自我開脫說，我一個人帶兩個難纏的小孩，有時候一整天都沒能坐下來喝一杯水，忘了幫植物澆水也是情有可原吧！可是那些植物大概因為含恨而死，心有不甘，常常直接就在盆子裡乾硬成一副乾燥花的模樣，擺明了給我難堪，有時候還來不及處理就遇到討厭的訪客，故意說：「好特別喔，很少看到有人把乾燥花種在盆子裡的。」

好不容易等到小孩長大上學去了，我決定要一雪前恥，先去花市選購一些看起來不容易死的植物，並且得到老闆「很好養」的保證，買回來好好拯救一下我的陽台，女兒見狀也吵著要種一些花。不過母親能力有限，事先說清楚自己的花自己照顧。小孩子都是這樣，為了達到目的就信誓旦旦的承諾沒問題。

說也奇怪，我陽台上的植物總是長不好，而且還時有損傷，我女兒有一搭沒一搭常常忘記澆水的植物反而長得還不錯，偶爾還開了一些花，真是讓人嫉妒。

有一天我遇到一樓的鄰居，就跟她說：「我看妳好會照顧植物喔！你們家的花園好漂亮，我卻是怎麼種也種不好。」她微笑著跟我說：「是啊，我每天都跟我的植物說說話，他們都長得特別好。」我還以為澆水施肥有什麼撇步咧，原來是要講話，這個我會。

接下來的每一天，等小孩去上學以後，我就趕快打開窗戶，跟我的植物說：「你們不能死，你們千萬不能死！」還要小心不要被隔壁陽台我女兒的植物聽見，希望我的植物們能堅強起來，不要輸給他們。幾星期以後，有一盆一直不開花的黃金菊竟然開始枯萎了，我一時激動又大聲的對它說：「你不能死！千萬不能死！」這時候我突然發現，下方社區巷道裡有一個老伯伯抬頭吃驚的望著我，然後他回頭望向後方的山上，也就是我窗戶對面的墳墓山，然後喃喃自語的說：「不是死很久了喔……」我實在是太糗了，趕緊關上窗戶，拉上窗簾躲起來。

從此以後，我決定不再每天跟我的植物說話了，以免他們過度焦慮，罹患心理疾病而厭世，當然也是為了避免被路人誤認為屋主的心智有問題。苦撐幾年以後我終於發現，最後我能保住的只有澆太多水也不會死的黃金葛、忘記澆水也無所謂的仙人掌，還有死了一半另一半也能活的九重葛，雖然勉強擺脫了「綠色殺手」的惡名，終究難成「綠手指」。

如今，我擁有一方小小的、滿是綠葉的陽台，中間擺了一個做手工藝品的工作台，我可以在這裡做一些自己喜歡的金工或雕塑，我由衷的感謝這些與我「共患難」的植物，要不是他們有這麼旺盛的生命力，大概很難忍受我這個常常因為忙不過來而顧不了他們的主人，雖然他們也都忙著活下去而顧不了開花。

偶爾，只是非常偶爾，我也跟我的植物說說話：「九重葛啊——你們要不要考慮開一些花呢？」

雖然是一家人，但是對於種植植物的天分卻很不一樣，
首先是我們家二哥：

←30年不變的髮型

植物達人

←古典吉他高手

←留美植物學博士，精通攝影

卓越

藥用

他能搶救瀕死植物，並命其開花。

救！

開！

專研植物遺傳

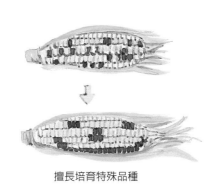

擅長培育特殊品種

稀有ＸＸ
科植物

能辨認各種植物種類

再來介紹的是：植物達人的母親

←40年不變的髮型

←天生的藝術家

←專業級裁縫巧手（藏起來了）

可食

茂盛

以一種母親的心情來照顧植物......

有一天⋯⋯
植物達人委託母親照顧的仙人掌，

啊呵！

驚嚇↓

被照顧得很周到

←水分充足

於是立即採取必要措施。

初一、十五
才可以澆水

←植物達人手諭

可是，一時無法適應的母親⋯⋯

看起來有點乾

（初七）

以為兒子今天不會回來，忍不住偷澆了一點水。

啊？怎麼澆水了？

是下雨啦！

達人卻非常不湊巧的回來了……

溜

這兩個人以及其他人之間的故事還有……

再來要介紹的是：
植物達人的父親

50年不變的西裝頭→

←漁業生物學家，天生研究者

頂級工匠巧手→

優雅

110

篤信「知識就是力量」

嚴守「工欲善其事，必先利其器」

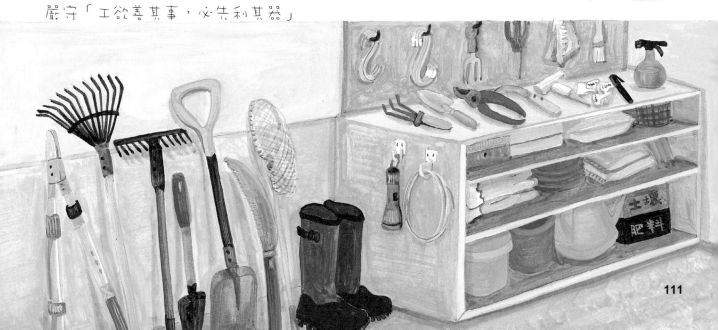

最後是我本人：植物達人的妹妹

一輩子不會改變的瀏海→

常常不知道自己在幹嘛→

無言●●●●●●●

忙的時候→亂澆一通

洗米水

小朋友水壺裡沒喝完的水

八成是薑茶

杯子裡的不明液體

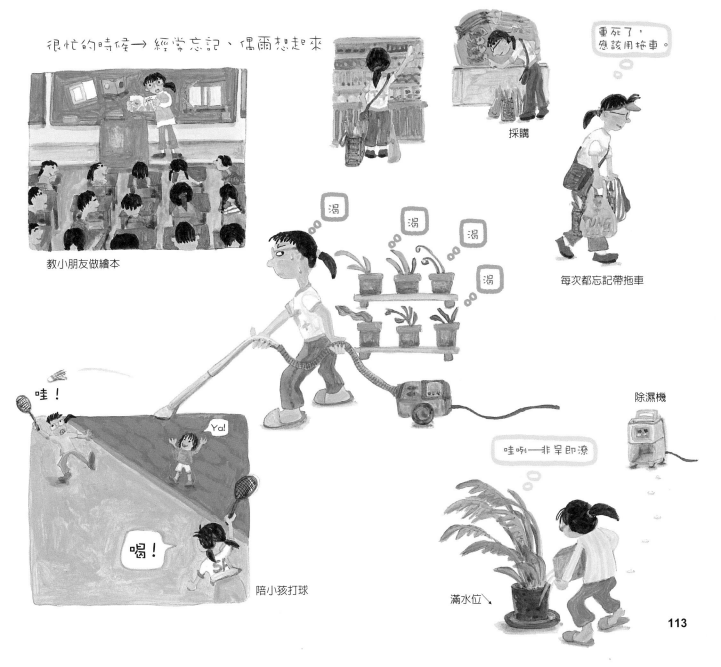

很忙的時候→經常忘記、偶爾想起來

教小朋友做繪本

採購

每次都忘記帶拖車

陪小孩打球

除濕機

滿水位

113

非常忙的時候→完完全全的忘記了

辦畫展

洗衣服

教女兒數學

半夜畫圖

115

幾次之後，父親終於說話了……

……下次快要死的時候就趕快拿來，不要等到死掉了才拿來……死了就沒救了！

喔！

恍然大悟

搬新家時有朋友送了昂貴的盆景，明明有很小心的照顧，

天天噴水

不明原因，竟然枯死了一棵。

枯死
①

趕緊加水

② 病倒

以為是陽光不夠，移去曬太陽

③ 奄奄一息

結果過了幾天，又死了一棵。

不行了！！

於是，立即送急診。

懷疑風水不好，轉個方向

④ 黃掉一半

118

依照父母的指示放在牆角

放著就好！

放在這裡就好嗎？

數日後……

沒動

數週後……

沒動

119

數月後……

沒動

終於有一天……

妳那一盆可以
拿回去了！

?!

盆景帶回家以後，我決定一雪前恥，所以非常小心謹慎、畢恭畢敬……

結果……

　幾個月後……

那盆盆景又再度回到牆角下「急診」。

不過，這一次母親大發慈悲……

大家都擠在一個小盆子裡實在太可憐了，一點成長的空間都沒有……，妳看，分成這樣不錯吧！

希望送我盆栽的人不會發現！

健康

高大

盛茂

對於這些發生在我家植物身上的事情，
我懷疑背後一定有什麼特別的原因……

例如：

花市買回來的仙人掌
有可愛的米老鼠耳朵。

米老鼠長出手來了

→
不久以後

變成兔子耳朵了

過了一陣子，

變醜的

還是小時候比較可愛

媽——妳是不是亂澆水？

我才沒有！

別人家的仙人掌，
養了很久還是完好如初。

124

生日時好友送了
小巧的盆栽

不知何時——

因為長太高了，而無法站立。

據說很好養的九重葛，

還有在發芽耶！

也沒有過很久就變成 營養不良。

還有一種情況是……　　黃金葛是我唯一拿手的植物

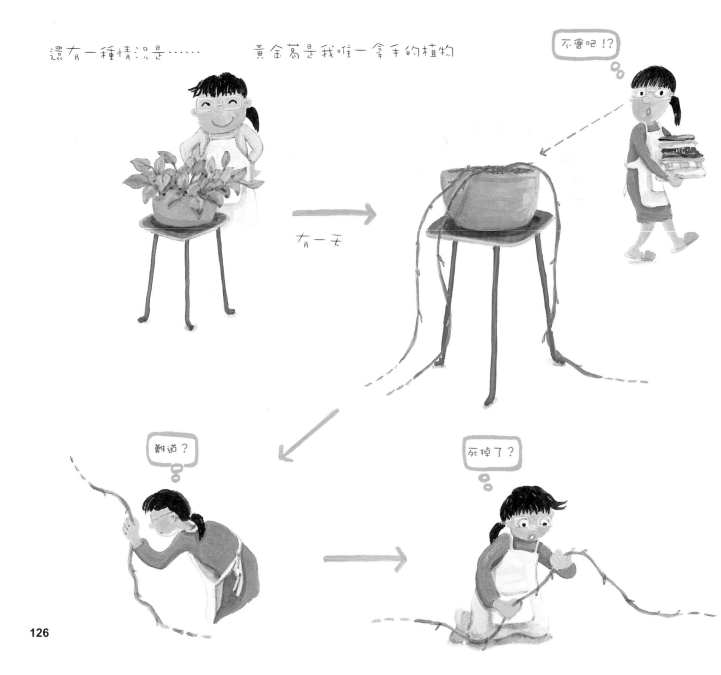

不會吧!?

有一天

難道?

死掉了?

結果！並沒有死！
只是變得又瘦又長。

能變通的家庭主婦

媽——我帶同學來玩！

127

可愛「膨皮」的同學→  ←瘦巴巴的女兒

嗨～～～～
歡迎……

我深信這其中一定有什麼原因，
所以長在我們家就會變成這樣……

後記
裁長補短有一套

喜歡電影「真、善、美」的人應該記得，劇中茱莉安德魯絲扮演的家教老師用舊窗簾布為小孩們做遊戲服的情節，類似的情節我們家也上演過：十幾年前，我在迪化街買了一大匹綠底有昆蟲圖案的布，想要幫小孩的房間換新窗簾，可是後來發現那塊布質料太細緻並不適合，所以想說拿來做衣服好了，先做了兩個女兒的衣服，還剩很多，就順便做了自己的洋裝和先生的上衣，剛好把「窗簾布」用完。

這套獨一無二的衣服就成了我們的「家服」——我們全家的制服，是我們出外遊玩時常有的裝扮，每每引起大家羨慕的眼光，特殊的衣服還有一個好處，就是小孩子不容易搞丟，因為一眼就看得出來我們是一夥的，我們穿著這套衣服去過很多國家，留下許多美好的回憶。

前幾年夏天我們又穿著「家服」去渡假，先生有感而發的說：「難得小孩一年一年長大，家服都還一直能穿。」嘿！真的很奇怪喔，怎麼會都沒有發現呢？十年的時間小孩子可不是只有長大一點點，那答案就在媽媽身上啊！

每年當我發現小孩的衣服太短或太小的時候，我就從我的洋裝下擺剪下一段布，接在小孩的衣服上面，幾年下來我的及膝洋裝變短裙，短裙變上衣，小孩的衣服也越改越大。看著小孩從手裡抱著到如今長成站在眼前的模樣，我不用照鏡子也知道自己改變了多少，要能不老才奇怪哩！

家服最初的樣子

7年後的樣子

●本書第59、61頁地圖由戶外生活出版公司授權。

不老才奇怪！

圖・文／童嘉

主編／連翠茉　編輯／洪閔慧　美術設計／張士勇

發行人／王榮文

出版發行／遠流出版事業股份有限公司

台北市南昌路2段81號6樓

郵撥／0189456-1 電話／（02）2392-6899

傳眞／（02）2392-6658

著作權顧問／蕭雄淋律師

法律顧問／王秀哲律師・董安丹律師

輸出印刷／中原造像股份有限公司

2007年6月1日　初版一刷

ISBN 978-957-32-6059-2

定價260元

行政院新聞局局版臺業字第1295號

（缺頁或破損的書，請寄回更換）
遠流博識網http：//www.ylib.com

YLib E-mail：ylib@ ylib.com